13.
OKTOBER

DAS IST DEIN TAG

Dein Stammbaum

| Urgroßvater | Urgroßmutter | Urgroßvater | Urgroßmutter |

Großmutter

Großvater

Vorname und Name:

....

Geboren am:

....

Uhrzeit:

....

Mutter

Gewicht und Grösse:

....

Stadt:

....

Land:

....

Ich

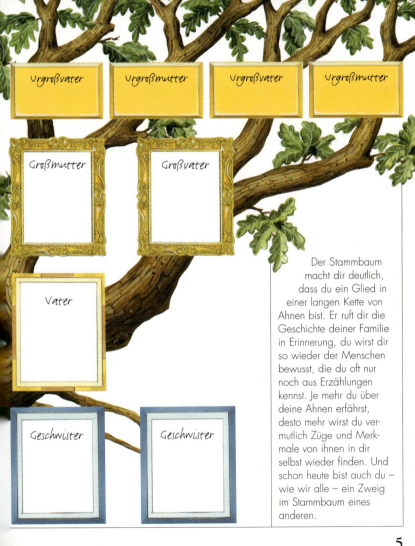

Der Stammbaum macht dir deutlich, dass du ein Glied in einer langen Kette von Ahnen bist. Er ruft dir die Geschichte deiner Familie in Erinnerung, du wirst dir so wieder der Menschen bewusst, die du oft nur noch aus Erzählungen kennst. Je mehr du über deine Ahnen erfährst, desto mehr wirst du vermutlich Züge und Merkmale von ihnen in dir selbst wieder finden. Und schon heute bist auch du – wie wir alle – ein Zweig im Stammbaum eines anderen.

Der Kreis des Kalenders

Was wären wir ohne unseren Kalender, in dem wir Geburtstage, Termine und Feiertage notieren? Julius Cäsar führte 46 v. Chr. den Julianischen Kalender ein, der sich allein nach dem Sonnenjahr richtete. Aber Cäsar geriet das Jahr ein wenig zu kurz, und um 1600 musste eine Abweichung von zehn Tagen vom Sonnenjahr konstatiert werden. Der daraufhin von Papst Gregor XII. entwickelte Gregorianische Kalender ist zuverlässiger. Erst nach 3.000 Jahren weicht er um einen Tag ab. In Europa setzte er sich jedoch nur allmählich durch. Russland führte ihn zum Beispiel erst 1918 ein, deshalb gibt es für den Geburtstag Peters des Großen zwei verschiedene Daten.

Die Zyklen von Sonne und Mond sind unterschiedlich. Manche Kulturen folgen in ihrer Zeitrechnung und damit in ihrem Kalender dem Mond, andere der Sonne. Gemeinsam ist allen Kalendern, dass sie uns an die vergehende Zeit erinnern, ohne die es natürlich auch keinen Geburtstag gäbe.

DER KREIS DES KALENDERS

Die Erde dreht sich von Ost nach West innerhalb von 24 Stunden einmal um ihre Achse und umkreist als der dritte von neun Planeten die Sonne. All diese Planeten zusammen bilden unser Sonnensystem. Die Sonne selbst ist ein brennender Ball aus gigantisch heißen Gasen, im Durchmesser mehr als 100-mal größer als die Erde. Doch die Sonne ist nur einer unter aberhundert Millionen Sternen, die unsere Milchstraße bilden; zufällig ist sie der Stern, der unserer Erde am nächsten liegt. Der Mond braucht für eine Erdumrundung etwa 28 Tage, was einem Mondmonat entspricht. Und die Erde wiederum dreht sich in 365 Tagen und sechs Stunden, etwas mehr als einem Jahr, um die Sonne. Das Sonnenjahr teilt sich in zwölf Monate und elf Tage, weshalb einige Monate zum Ausgleich 31 statt 30 Tage haben.

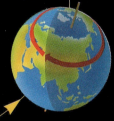

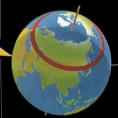

Die Erdhalbkugeln haben konträre Jahreszeiten.

So wirken die Sterne

Die Sonne, der Mond und die Planeten folgen festen Himmelsbahnen, die sie immer wieder an zwölf unveränderten Sternbildern vorbeiführen. Ein vollständiger Umlauf wird in 360 Gradschritte unterteilt. Die Sonne befindet sich etwa einen Monat in jeweils einem dieser Zeichen, was einem Abschnitt von 30 Grad entspricht. Da die meisten dieser Sternkonstellationen von alters her Tiernamen erhielten, wurde dieser regelmäßige Zyklus auch Zodiakus oder Tierkreis genannt.

Schon früh beobachteten die Menschen, dass bestimmte Sterne ganz speziell geformte, unveränderliche Gruppen bilden. Diesen Sternbildern gaben sie Namen aus dem Tierreich oder aus der Mythologie. So entstanden unsere heutigen Tierkreiszeichen, die sich in 4.000 Jahren kaum verändert haben. Die festen Himmelsmarken waren von großem praktischen Wert: Sie dienten den Seefahrern zur Navigation. Zugleich beflügelten sie aber auch die Phantasie. Die Astrologen gingen davon aus, dass die Sterne, zusammen mit dem Mond, unser Leben stark beeinflussen, und nutzten die Tierkreiszeichen zur Deutung von Schicksal und Charakter eines Menschen.

SO WIRKEN DIE STERNE

WIDDER: 21. März bis 20. April ♈

STIER: 21. April bis 20. Mai ♉

ZWILLING: 21. Mai bis 22. Juni ♊

KREBS: 23. Juni bis 22. Juli ♋

LÖWE: 23. Juli bis 23. August ♌

JUNGFRAU: 24. August bis 23. September ♍

WAAGE: 24. September bis 23. Oktober ♎

SKORPION: 24. Oktober bis 22. November ♏

SCHÜTZE: 23. November bis 21. Dezember ♐

STEINBOCK: 22. Dezember bis 20. Januar ♑

WASSERMANN: 21. Januar bis 19. Februar ♒

FISCHE: 20. Februar bis 20. März ♓

Im Zeichen des Mondes

Den Tierkreiszeichen werden jeweils bestimmte Planeten zugeordnet: Dem Steinbock ist der Planet Saturn, dem Wassermann Uranus, den Fischen Neptun, dem Widder Mars, dem Stier Venus und dem Zwilling Merkur zugeordnet; der Planet des Krebses ist der Mond, für den Löwen ist es die Sonne. Manche Planeten sind auch mehreren Tierkreiszeichen zugeordnet. So ist der Planet der Jungfrau wie der des Zwillings Merkur. Der Planet der Waage ist wie bereits beim Stier Venus. Die Tierkreiszeichen Skorpion und Schütze haben in Pluto und Jupiter ihren jeweiligen Planeten.

D**er Mond wandert in etwa einem Monat durch alle zwölf Tierkreiszeichen. Das heißt, dass er sich in jedem Zeichen zwei bis drei Tage aufhält. Er gibt dadurch den Tagen eine besondere Färbung, die du als Waage anders empfindest als andere Sternzeichen.**

In welchem Zeichen der Mond heute steht, erfährst du aus jedem gängigen Mondkalender. Einer unentschlossenen Waage verleiht der Tag, an dem der Mond im **Widder** steht, die nötige Entschlusskraft. Sie versteht gar nicht mehr, warum sie so gezögert hat. Der Mond im **Stier** kann die Waage zu vielerlei leiblichen und sinnlichen Genüssen

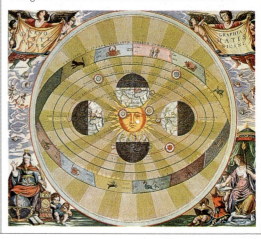

Unser Sonnensystem mit den neun Planeten

verführen. Wenn der Mond im **Zwilling** steht, ist die hohe Kunst der Konversation angesagt, bei der »durch die Blume« so manches verraten wird. Der Mond im **Krebs** macht die Waage endlich so gefühlvoll, wie sie sonst immer zu sein scheint. Der **Löwe**-Mond bringt die Waage zum Strahlen, und ihr Selbstbewusstsein kann sich an diesen Tagen sehen lassen. Mond in der **Jungfrau** macht der Waage unangenehme Detailarbeit etwas erträglicher. Die **Waage**-Tage können für die Waage sehr harmonisch sein. Feingefühl und die Gabe, mit leichter Hand zu geben, machen sie so reizvoll. Wenn sich eine Waage bei **Skorpion**-Mond zu etwas entschlossen hat, erreicht sie es auch, allerdings fast unbemerkt, denn sie verpackt die Faust im Samthandschuh. An **Schütze**-Tagen muss die Waage gründlich überlegen, was sie denn wirklich zum Leben braucht. Der Mond im **Steinbock** nimmt der Waage etwas von ihrem Glanz, lässt sie aber dafür mit möglichen Einschränkungen besser zurechtkommen. **Wassermann**-Tage können bei der Waage das Verlangen nach Unabhängigkeit und neuen Freunden hervorrufen. Der **Fische**-Mond kann die Waage verunsichern. Sie geht sich mit ihrer Unentschlossenheit dann selbst auf die Nerven.

ERKENNE DICH SELBST

Der Leitsatz der Waage lautet (wie könnte es anders sein!): »Ich wäge ab.« Waagegeborene können es aber mit dem Abwägen auch übertreiben und sind dann unentschlossen. Ihre Fähigkeit, ein Problem von zwei Seiten zu sehen, hält sie davon ab, zu handeln und den eingeschlagenen Kurs auch beizubehalten.

Die Waage ist das Zeichen von Gleichgewicht, Gerechtigkeit und Harmonie. Die unter ihrem Einfluss Geborenen sind diplomatisch, gesellig, friedliebend und freundlich.

WAAGE

Die von Venus beherrschte Waage ist ein ästhetisches und sinnliches Zeichen. Waagegeborene fühlen sich von Schönheit in jeder Form angezogen. Die Waage wird wie alle Tierkreiszeichen in drei Dekaden mit jeweils eigenen Charakteristika unterteilt. Sie reichen vom 24.9. bis 3.10., vom 4. bis 13.10. und vom 14. bis 23.10. Alle Waagen können ihre persönliche Bestimmung nur im Kontakt mit anderen erfüllen.

Typische Waagegeborene sind liebenswürdige, charmante Menschen. Sie sind überzeugt, dass niemand allein sein sollte. Gewöhnlich besitzen sie auch eine ganz besondere körperliche Anmut und eine große Anziehungskraft.
Den einzelnen Tierkreiszeichen werden bestimmte Farben, Pflanzen und Tiere zugeordnet, die als Glücksbringer gelten. Die Farben der Waagegeborenen sind Nachtblau, Rauchgrau und Kirschrot, von den Düften werden ihnen Jasmin und Gardenie zugesprochen; ihr Edelstein ist der klare, blaue Saphir, ihre Blumen sind das Veilchen und die Azalee. Der Setter, die Taube und der Lachs sind die ihnen zugeordneten Tiere, und ihr Glückstag ist der Freitag.

13

MENSCHEN DEINER DEKADE

Mit der zweiten Waagedekade wird traditionell das Sternbild Lupus, der Wolf, in Verbindung gebracht. Menschen, die in diesem Zeitraum geboren werden, sind sehr gesellig und lassen sich gerne auf Diskussionen und Debatten ein; sie sind romantische Reformer.

Aus der Welt der Literatur und Kunst sind typische Repräsentanten dieser Dekade: der französische Schriftsteller **François Mauriac** (11. Oktober 1885, Abb. o.), der in seinen Romanen das Verhältnis von Gut und Böse behandelte und sich für die Wiederbelebung katholischer Werte in der Literatur einsetzte; der französischschweizerische Architekt **Le Corbusier** (6. Oktober

1887, Abb. o.), einer der Begründer der modernen Architektur, für den Häuser »machines à habiter« (Wohnmaschinen) waren. Ferner sind zu nennen: der tschechische Dramatiker **Václav Havel** (5. Oktober 1936), der 1989 Staatspräsident und 1993 erster Präsident der Tschechischen Republik wurde; aus der Welt des Films der französische Komiker **Jacques Tati** (9. Oktober 1908), der in seinen Rollen als Monsieur Hulot und als Postbote im »Schützenfest« (Abb. re.) die technisierte Welt ironisierte, oder der französische Autor **Denis Diderot** (5. Oktober 1713, Abb. S. 15 li. o.), der 21 Jahre lang an der

MENSCHEN DEINER DEKADE

Herausgabe einer Enzyklopädie arbeitete und von der russischen Kaiserin vor dem finanziellen Ruin gerettet wurde.

Auch folgende Personen aus der Politik gelten, jeder auf seine Art, als Reformer: **Margaret Thatcher** (13. Oktober 1925), die als erste Frau in Großbritannien Premierministerin wurde und dies elf Jahre lang blieb; der überaus beliebte argentinische Politiker und Präsident **Juan Domingo Perón** (8. Oktober 1895), verheiratet mit »Evita«; der farbige amerikanische Geistliche und Bürgerrechtler **Jesse Jackson** (8. Oktober 1941), der zweimal versuchte, Präsidentschaftskandidat seiner Partei zu werden, sowie der südafrikanische Bischof **Desmond Tutu** (7. Oktober 1931), der für seinen Kampf gegen die Apartheid mit dem Friedensnobelpreis ausgezeichnet wurde. In dieser Dekade wurden auch einige Filmidole geboren: der amerikanische Schauspieler **Buster Keaton** (4. Oktober 1895), der Hollywoodstar des Stummfilms, begann seine Karriere schon mit drei Jahren als Akrobat; **Charlton Heston** (4. Oktober 1924), der männliche Held in vielen Monumentalfilmen, und **Sigourney Weaver** (8. Oktober 1949), bekannt aus der Alien-Trilogie. Ihren Geburtstag feiern in dieser Dekade außerdem: **Bobby Charlton** (11. Oktober 1937), der dazu beitrug, dass die englische Fussballnationalmannschaft 1966 Weltmeister wurde, und **Ray Kroc** (5. Oktober 1902), der die Fast-Food-Kette McDonalds gründete. Der italienische Uhrmacher und Kartograf **Matteo Ricci** (6. Oktober 1552, Abb. u.), der als Missionar das Christentum nach China brachte, gehört ebenso zu dieser Dekade wie die folgenden bekannten Musiker: der »Beatle« **John Lennon** (9. Oktober 1940), der Opernkomponist **Giuseppe Verdi** (10. Oktober 1813) und der berühmte Tenor **Luciano Pavarotti** (12. Oktober 1935).

15

Ein aussergewöhnlicher Mensch

Am 13. Oktober 1925 wurde Margaret Thatcher geboren. 1972 antwortete sie auf die Frage, wann wohl eine Frau Premierministerin von Großbritannien werden würde: »Ich glaube, das wird noch sehr viele Jahre dauern – wahrscheinlich werde ich es gar nicht mehr miterleben.« Damit sollte sie nicht Recht behalten, denn nur wenige Jahre später, am 4. Mai 1979, stand sie vor der Tür der Downing Street Nummer 10, dem Wohnsitz des Premierministers, und war selbst zur Regierungschefin gewählt worden, was sie dann mehr als elf Jahre blieb.

Nach ihrem Studienabschluss arbeitete Margaret Thatcher zunächst als Chemikerin in der Forschung,

13. Oktober

ministerin. Auch ihre insgesamt drei aufeinander folgenden Wahlsiege (1979, 1983 und 1987) waren einmalig. Ihre Regierungszeit verlief sehr stürmisch. Sie bot den Gewerkschaften die Stirn und hatte dabei die Bevölkerung auf ihrer Seite. Auch als sie die Falkland-Inseln zurückeroberte, fand sie breite Zustimmung. Durch die studierte jedoch nebenher noch Jura. Mit ihrer Wahl zur Abgeordneten des Nordlondoner Wahlkreises Finchley (1959) begann dann eine der bemerkenswertesten politischen Karrieren dieses Jahrhunderts. Von 1970 bis 1974 war sie Ministerin für Erziehung und Wissenschaft, und 1975 wurde sie zur Vorsitzenden der Konservativen Partei gewählt. Als die Konservativen 1979 die Wahlen gewannen, wurde sie als erste Frau britische Premierministerin steigende Arbeitslosigkeit, Kürzungen im sozialen Bereich, die so genannte Kopfsteuer und ihren diktatorischen Führungsstil geriet die »eiserne Lady« jedoch immer mehr unter Beschuss und musste 1990 zurücktreten. »Was für eine merkwürdige Welt!«, sagte sie, als sie Abschied nahm.

17

An diesem ganz besonderen Tag

Am heutigen Tag im Jahr 1884 wurde der Längenkreis, auf dem sich das Königliche Observatorium in Greenwich bei London befindet (auf dem Hügel über Greenwich Park), durch eine internationale Vereinbarung als **Nullmeridian** festgelegt. Die bereits 1675 gegründete Sternwarte sollte dem Studium der Astronomie und der Navigation dienen. Im Lauf der Jahre war sie zu einem der bedeutendsten Observatorien Europas avanciert. Ihr guter Ruf hatte dazu beigetragen, dass sie nun als Bezugspunkt für die standardisierte Zeitmessung gewählt wurde:

Die Weltzeit (das heißt die zum Nullmeridian gehörende mittlere Sonnenzeit) wird seither im internationalen Verkehr »Greenwich Mean Time«, kurz einfach auch GMT, genannt.

Am 13. Oktober 1815 wurde **Joachim Murat**, der schneidige französische Marschall, den Napoleon zum König von Neapel gemacht hatte, standrechtlich erschossen.

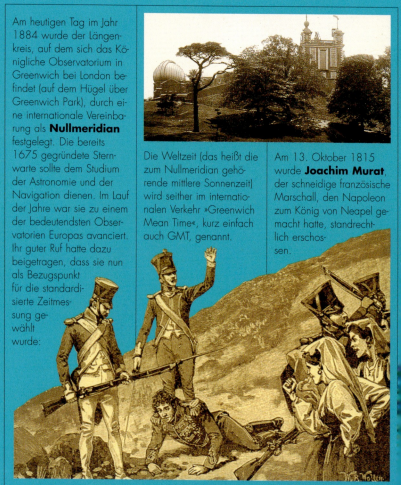

13. Oktober

Der ehrgeizige und erfolgreiche Murat war durch seine großen Siege unter Napoleon in Ägypten und Italien bekannt geworden. Seit 1800 war er außerdem mit dem Kaiser der Franzosen verschwägert (er hatte dessen jüngste Schwester Karoline geheiratet). Murat führte als König von Neapel einen glanzvollen Hof und leitete Justiz- und Verwaltungsreformen ein. Als jedoch mit Napoleons Stern auch Murats politischer Einfluss sank, setzte er alles daran, sein Königreich zu halten, musste es aber schließlich doch den Österreichern überlassen. Bei seinem erfolglosen Versuch einer Invasion in Sizilien im September 1815 wurde Murat festgenommen und vor ein Kriegsgericht gestellt.

Heute im Jahr 1905 fand in der Free Trade Hall in London die **erste Suffragettenversammlung** statt. Der Ausdruck »Suffragette« leitet sich von lateinisch »suffragium« (Stimmrecht) ab. Emmeline Pankhurst, eine unermüdliche Kämpferin für die politische Gleichberechtigung der Frau, hatte diese Versammlung einberufen. Sie prägte damals auch die berühmte Parole »Votes for Women« (»Wahlrecht für Frauen«). Sie hatte nämlich ein Transparent mit der Aufschrift »Will the Liberal Party give Votes for Women?« (»Wird die liberale Partei den Frauen das Wahlrecht geben?«) gefertigt, doch als sie es aufhängen wollte, war es zu groß. Darum zerschnitt sie es und fügte einige Stücke zu einem kleineren Transparent zusammen, auf dem dann »Votes for Women« stand.

1792, am 13. Oktober, wurde in Washington der **Grundstein für das Weiße Haus** gelegt. Dieses von James Hoban entworfene Gebäude nannte man ursprünglich schlicht »Executive Mansion« (Regierungsgebäude).

19

Ein Tag, den keiner vergisst

Am 13. Oktober 1307 wurden über 100 Ritter des Templerordens auf Befehl Philipps IV. von Frankreich in Paris verhaftet. Unter diesen befand sich ihr Großmeister, Jacques de Molay. Ihm und seinen Rittern wurde dann mittels Folter das zweifelhafte Geständnis entlockt, sie hätten ketzerischen Geheimlehren angehangen. Im folgenden Jahr wurde die letzte Festung der Templer in Spanien eingenommen, wohin sich noch einige der Ritter hatten flüchten können. Obwohl die Pariser Gefangenen ihr Geständnis widerriefen, starben sie im April des Jahres 1314 auf dem Scheiterhaufen.

Der geistliche Ritterorden der Templer war 1119 von Hugo von Payens gegründet worden. Sein Name – eigentlich: *Arme Ritterschaft Christi vom Salomonischen Tempel* – leitet sich vom damaligen Hauptsitz auf dem

13. OKTOBER

Tempelberg in Jerusalem ab. Ziel des Ritterordens war es ursprünglich gewesen, Pilger auf der Fahrt ins Heilige Land zu beschützen. Der Orden unterstand dem Papst und wurde von einem Großmeister geleitet. Während der Kreuzzüge zog er viele junge Adelige an, denn die Ritter in ihren weißen Mänteln mit dem roten Kreuz bildeten eine erfahrene Streitmacht. Als die Kreuzfahrer 1291 aus Palästina vertrieben wurden, verlegten die Tempelherren ihren Sitz nach Zypern. Seit ihren Eroberungszügen besaßen sie riesige Ländereien und somit Geld, Macht und Einfluss. Selbst an Könige verliehen sie enorme Geldsummen. Philipp IV. von Frankreich sah hierin eine ernsthafte Bedrohung seiner Herrschaft, außerdem wollte er sich das Vermögen der Templer aneignen. Obwohl es an Warnungen nicht gefehlt hatte, gingen die Templer ihm in Paris in die Falle.

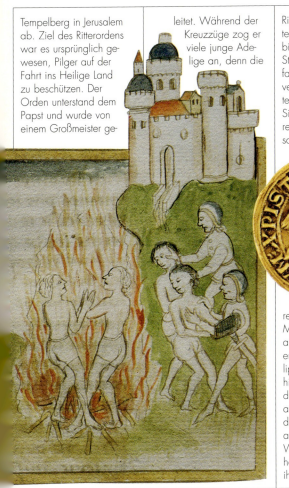

ENTDECKT & ERFUNDEN

Jeden Monat werden Erfindungen gemacht, die unser Alltagsleben verändern. Auch der Oktober bildet da keine Ausnahme.

Im Oktober des Jahres 1582 trat ein neuer Kalender in Kraft, der nach seinem Initiator, Papst Gregor XIII., noch heute **Gregorianischer Kalender** genannt wird. Er ersetzte den bis dahin gültigen Julianischen Kalender, den der römische Staatsmann Julius Cäsar 46 v. Chr. eingeführt hatte. Der neue Kalender war notwendig geworden, nachdem man erkannt hatte, dass der alte pro Jahr um etwa 11 Minuten und 14 Sekunden vorauseilte. Dies hatte sich im Lauf der Jahrhunderte immerhin zu mehreren Tagen aufaddiert. Deshalb ordnete Papst Gregor nach Beratungen mit Gelehrten an, dass auf den 4. Oktober des Jahres 1582 unmittelbar der 15. Oktober folgen sollte. Dieser neue Kalender wird erst nach 3.000 Jahren um einen Tag vom Lauf der Sonne abweichen. Die katholischen Länder übernahmen den neuen Kalender sofort, in den protestantischen wurde er hingegen nur sehr zögerlich eingeführt. Auf wen der am 21. Oktober 1848 erstmals öffentlich aufgeführte **Cancan** zurückgeht, ist nicht genau bekannt. Jedenfalls war das Pariser Publikum von diesem Tanz, bei dem die Tänzerinnen in einer für die damalige Zeit äußerst freizügigen Art ihre Beine hochwarfen und ihre Röcke schürzten, begeistert.
Thomas Alva Edison, der bedeutende Erfinder des 19. Jahrhunderts, notierte am 21. Oktober 1879 in seinem Protokollbuch: »Heute erblicken wir endlich das,

OKTOBER

was wir uns schon so lange erhofft hatten« – gemeint war die **Glühbirne**! Die erste leuchtete mehr als 13 Stunden, dann zersprang das Glas. »Nachdem sie so lange gebrannt hat, kann ich sie auch so weiter entwickeln, dass sie 100 Stunden brennt!«, sagte Edison, womit er Recht behalten sollte. Am 10. Oktober 1886 schockierte der Tabakerbe Griswold Lorillard die anderen Gäste beim Herbstball des New Yorker Tuxedo Park Country Clubs mit einer Modeneuheit: Er erschien in einem Jackett ohne die üblichen Frackschöße. Schon bald hielt dieses kurze Jackett, das in Amerika **Tuxedo** genannt wurde, als Smoking Einzug in die feineren Gesellschaftskreise. In England war der Smoking damals zwar schon bekannt, doch er durfte nur bei Herrenabenden getragen werden. Im Jahr 1836, am 24. Oktober, meldete Alonzo Phillips das Patent für die ersten **Streichhölzer** für Amerika an. Sie ließen sich dadurch entzünden, dass ein in Schwefel getränkter Holzspan über Sandpapier gerieben wurde. Allerdings haben sie wenig mit den heutigen Sicherheitszündhölzern gemein, die 1845 in Schweden entwickelt wurden (daher auch der Name »Schwedenhölzer«). Auch die Streichholzschachteln wurden dort erfunden (1866).

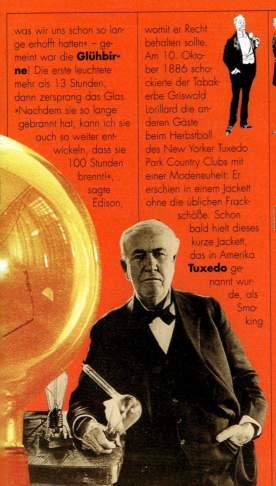

Im Rhythmus der Natur

Der Herbst ist nicht nur die Jahreszeit der Nebelschleier, sondern auch eine Periode der Veränderung. Die Tier- und Pflanzenwelt der Nordhalbkugel bereitet sich auf den nahenden Winter vor. In Scharen versammeln sich die Zugvögel auf den Bäumen oder lassen sich auf Stromleitungen nieder, bevor sie zu ihrer langen Reise in wärmere Gefilde aufbrechen.

Der Zug der Kraniche, die bei der Migration Tag und Nacht unterwegs sind, ist ein unvergesslicher Anblick. Sie fliegen in großen Gruppen, und zwar meist in Keilformation. Langsam ziehen die majestätischen Vögel vorbei und erfüllen die Luft mit ihrem traurigen und beunruhigenden Schrei. Sie können enorme Entfernungen zurücklegen und machen unterwegs nur an bestimmten Rastplätzen Halt. Für die Japaner ist der Kranich ein Symbol der Weisheit. Bei der winter-

lichen Balz zeigt er sein schönes, im Schnee auffallendes schwarzweißes Gefieder. Von diesem Anblick haben sich zahllose japanische Künstler inspirieren lassen. Auch der Monarch, ein Schmetterling, legt riesige Strecken zurück. Vor dem Einsetzen des Winters reist er bis zu 4.800 Kilometer weit von Kanada in das sonnige Klima von Mexiko, wobei er die Luftströmungen ausnutzt und immerzu auf der Suche nach Nahrung ist.

Wenn im Spätherbst die Tage kürzer werden, werfen die Bäume ihre Blätter ab, um den Winter besser überstehen zu können. Der grüne Blattfarbstoff Chlorophyll, der es den Pflanzen ermöglicht, chemische Energie in ihren Blättern zu speichern, wird dann nicht mehr gebildet. Daher schlagen nun rote und braune Farbstoffe durch, und das Laub schillert in herbstlicher Pracht. Der Zellsaft kann die Blätter nicht mehr erreichen; sie sterben ab, damit die Bäume weiterleben können. Die meisten Nadelbäume behalten ihre Nadeln jedoch, da diese kleiner sind und dadurch der Kälte und dem Lichtmangel besser widerstehen können. Deshalb sind Nadelbäume im Gegensatz zu Laubbäumen gewöhnlich immergrün.

So feiert die Welt

Im Herbst machen sich bier- und geselligkeitsliebende Menschen von überall her auf den Weg zum Münchner Oktoberfest, das immer am letzten Samstag im September beginnt und zwei Wochen dauert. Zur Eröffnung findet ein Trachtenumzug mit geschmückten Bierwagen statt, der durch die Innenstadt bis zur Festwiese führt. Dem Oberbürgermeister Münchens fällt die ehrenvolle Aufgabe zu, das erste Faß anzuzapfen, und wenn es dann heißt »O´zapft is!«, können die Bierkrüge gestemmt werden (Abb. u.).

Die Juden feiern im Oktober das Laubhüttenfest, eine siebentägige Erntedankfeier. In diesem Zeitraum nehmen sie ihre Mahlzeiten in eigens hierfür errichteten Hütten ein (Abb. li.).

Im thailändischen Phuket begeht man zu dieser Zeit ein neuntägiges vegetarisches Fest (Ende September oder im Oktober), das eine Art taoistisches Fasten darstellt. Die Gläubigen dort kasteien sich außerdem noch in erstaunlicher Weise: Sie laufen über glühende Kohlen, lassen sich Wangen und Zunge durchstechen oder sich an Haken aufhängen, die in die Haut des Rückens gebohrt werden.

Im Vergleich dazu wirkt Halloween (31. Oktober) harmlos: Am Abend vor Allerheiligen gehen die Kinder in englischsprachigen Ländern verkleidet von Haus zu Haus und sammeln mit dem Spruch »trick or treat« Süßigkeiten ein. Wer ihnen nichts gibt, dem spielen sie einen Streich (Abb. S. 27 re.).

Die Eskimos begehen im Oktober ein Fest zu Ehren der Seehunde, mit dem sie der Seelen der erlegten Tiere gedenken. In der ersten Nacht des Festes wird eine Harpune neben einer Tranlampe aufgestellt. Dadurch bleibt die Seele des Seehunds, die in der Harpunenspitze ruhen

FESTE IM OKTOBER

soll, warm. Drei Tage lang ist jede Arbeit verboten. Danach werden die Blasen aller Seehunde, die im zurückliegenden Jahr gefangen wurden, in einem Eisloch versenkt.
In Australien herrscht zu dieser Zeit Frühling, und in der Stadt Bowral wird das Tulpenfest gefeiert. Über 60.000 Blüten verwandeln die Parks und Gärten in ein Meer von Farbe.
Die Marokkaner begehen im Oktober Fantasia, ein Fest zu Ehren der Kraft und Schönheit ihrer Pferde. Dabei steigen Bauern auf reich geschmückte Pferde, rasen auf ein Signal hin geschlossen auf die Zuschauer zu und bleiben im letzten Moment stehen, so dass die Tiere sich aufbäumen. Dann wird getanzt und gesungen (Abb. li.).

Die Idee für den Tag

Material:

Kürbis:
Messer, Löffel, Kernausstecher, Bleistift, Teelichter
Suppe:
Kürbisfleisch, Öl, Currypulver, Gemüsebrühe, Sahne, Salz, Pfeffer, Croutons

1 Kürbis schneiden

1. Kürbis schneiden
Von einem großen Kürbis das obere Drittel oder Viertel waagrecht mit einem scharfen Messer abschneiden. Mit einem Löffel oder Eiskugelformer das Fruchtfleisch herauskratzen und in eine Schüssel geben.

2 Gesicht aufmalen

2. Gesicht aufmalen und schneiden
Mit einem Bleistift das Gesicht und die Haare in Zackenform aufmalen und anschließend mit einem scharfen Messer herausschneiden. Für Rundungen eignet sich ein Ausstecher für Kerngehäuse besonders gut. Mehrere Teelichter in das Innere stellen.

3 Suppe kochen

3. Kürbiscremesuppe kochen
Eine klein geschnittene Zwiebel in 3 EL Öl anbraten. 1 EL Currypulver darüber stäuben, ca. 500 g Kürbisstücke dazugeben und 5 Minuten braten. Mit 1 l Gemüsebrühe aufgießen, 15 Minuten köcheln lassen. Kürbisstücke pürieren und mit 0,25 l Sahne verfeinern. Mit Salz und Pfeffer abschmecken, zum Servieren Croutons darüber streuen.

Nicht nur Gesichter, auch Tiere, Blüten oder Blätter lassen sich als Muster aus dem Kürbis herausschneiden.

KÜRBISKOPF MIT KERZEN UND KÜRBISCREMESUPPE

Oktoberwind

Wir sind im Oktober geboren,
im Gold der Blätter,
im Rot des Weines,
im Tau auf den Wiesen.

Mal ehrlich: Der Drachen wartet im Keller,
und die Stoppeln auf dem Feld
zerkratzen einem die Beine...
Aber wer kann schon nein sagen
zum Oktoberwind?